HALT!

Dieser Comic beginnt nicht auf dieser Seite. Das **Demian-Syndrom** ist ein japanischer Comic. Da in Japan von »hinten« nach »vorn« gelesen wird und von rechts nach links, müsst ihr auch diesen Comic auf der anderen Seite aufschlagen und von »hinten« nach »vorn« blättern. Auch die Bilder und Sprechblasen werden von rechts oben nach links unten gelesen, so wie es die Grafik hier zeigt. Schwer?

Zuerst ungewohnt, doch es bringt richtig Spaß.

Probiert es aus!

CARLSEN MANGA! NEWS
Aktuelle Infos abonnieren unter
www.carlsenmanga.de

CARLSEN MANGA
1 2 3 4   14 13 12 11
Deutsche Ausgabe/German Edition
© Carlsen Verlag GmbH • Hamburg 2011
Aus dem Japanischen von Kai Duhn, unter Mitarbeit von Rie Nishio
Demian Syndrome volume 6
© Mamiya OKI 2009
All rights reserved
Originally published in Japan in 2007 by TOKUMA SHOTEN
PUBLISHING CO., LTD.
German translation rights arranged with TOKUMA SHOTEN
PUBLISHING CO., LTD., through TOHAN CORPORATION, Tokyo.
Redaktion: Britta Harms
Lettering: Susanne Mewing
Herstellung: Björn Liebchen
Druck und buchbinderische Verarbeitung: CPI – Ebner & Spiegel, Ulm
Alle deutschen Rechte vorbehalten
ISBN 978-3-551-75056-3
Printed in Germany

Extra
EIN SOMMERTAGSTRAUM

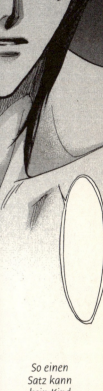

Ich rief ihn zwar »Azuma«, doch war ich es auch...

... der tief in seinem Herzen die Kindheitstage mit sich herumschleppte.

Diesmal lass ich mich nicht mehr in die Irre führen...

Endlich habe ich dich.

Ich lass dich nie wieder los...

Das ist heavy!

Auch noch mit Geistern? Und wir waren bei Gazon Oje...

... Deshalb habe ich so etwas geträumt?

So einen Satz kann kein Kind hervorbringen.

AFTER TIME – Ende

Das Demian-Syndrom
Trust me

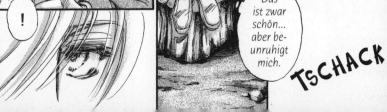

... ist ungeheuerlich ...

Das waren die vorgesehenen Ehrengäste jedes Teilbereichs des Leistungsabschlussberichts.

Als Nächstes... Alle Klassenlehrer geben dem Schulpräsidenten...

»Stört mich« ist doch... sogar noch schlimmer als »Du nervst« ...

Dass ich selbst die Arbeit hinschmeiße ...

Das Demian-Syndrom

PRESENTED·BY·MAMIYA·OKI

»Geh nicht nach Amerika!«

Ohne es zu merken, entwickelte sich einiges, das zurechtgerückt werden wollte.

Es unter »ist nun mal so« abzuhaken... sich derart hintergehen zu lassen...

Und was man hinter sich lässt, ist das »Idealbild«.

Was dir im stetig vor sich hinfließenden Alltag vor die Füße kullert, nennt sich »Realität«.

Bevor dieses sumpfige »Etwas«, das sich in mir eingenistet hat, die Regie übernimmt.

... wär eine Ausrede fauler Menschen, dachte ich.

So wie bei »ihr«.

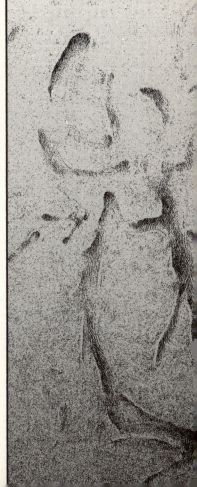

PANDORA'S BOX TALK – Ende

Das Demian-Syndrom
MAMIYA OKI

6

INHALT

Third Stage
TRUST ME   13
AFTER TIME   172
Extra
PANDORA'S BOX TALK   3
EIN SOMMERTAGS-TRAUM   177

Zur Erläuterung der Klassenbezeichnungen

In Japan folgen nach der Grundschule (6 Jahre) die Mittelschule (3 Jahre) und die Oberschule (3 Jahre). Ein »Erstklässler« der Oberschule entspricht somit einem deutschen Zehntklässler.

Die Johoku ist allerdings eine Privatschule, die alle drei Stufen integriert hat, wobei Mittel- und Oberstufe zusammengefasst werden. Wenn in diesem Manga beispielsweise von einem »Viertklässler« die Rede ist, ist also eigentlich ein Zehntklässler gemeint.